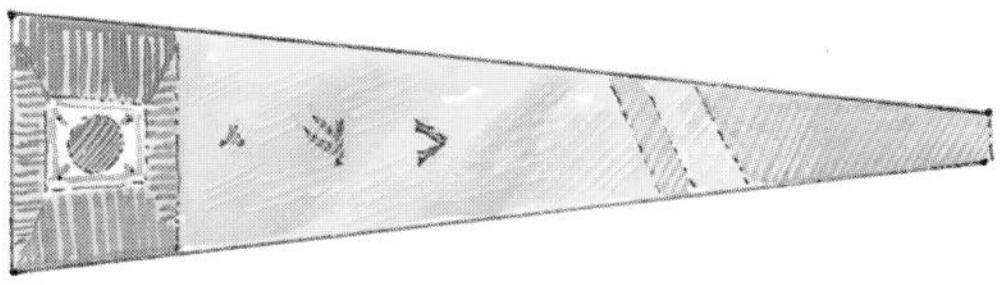

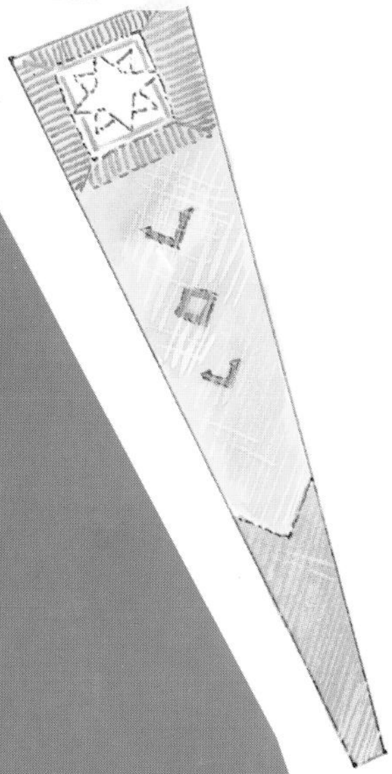

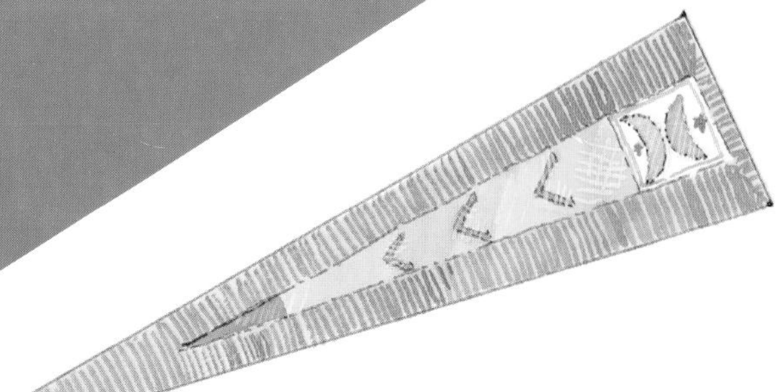

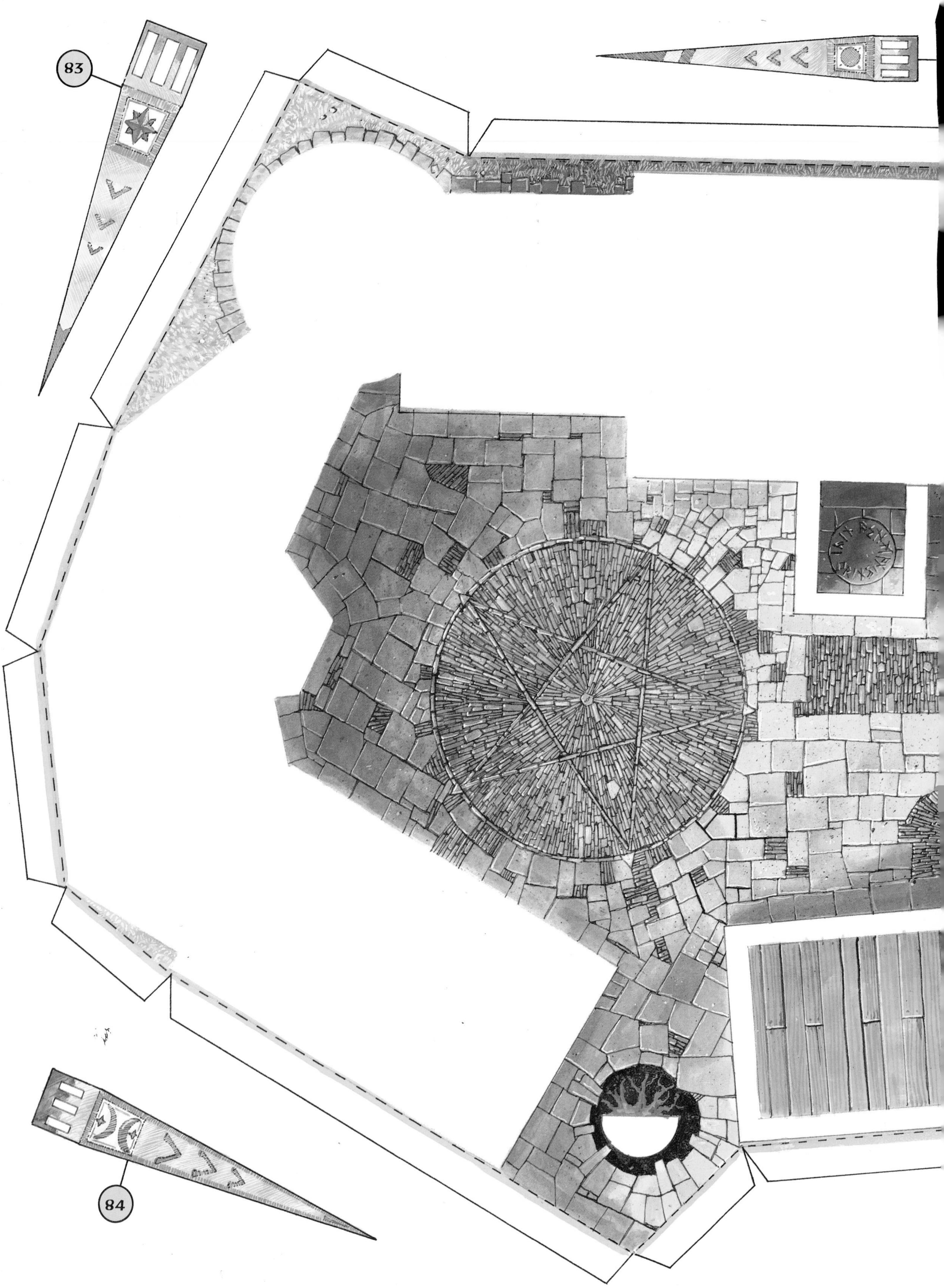
83
84

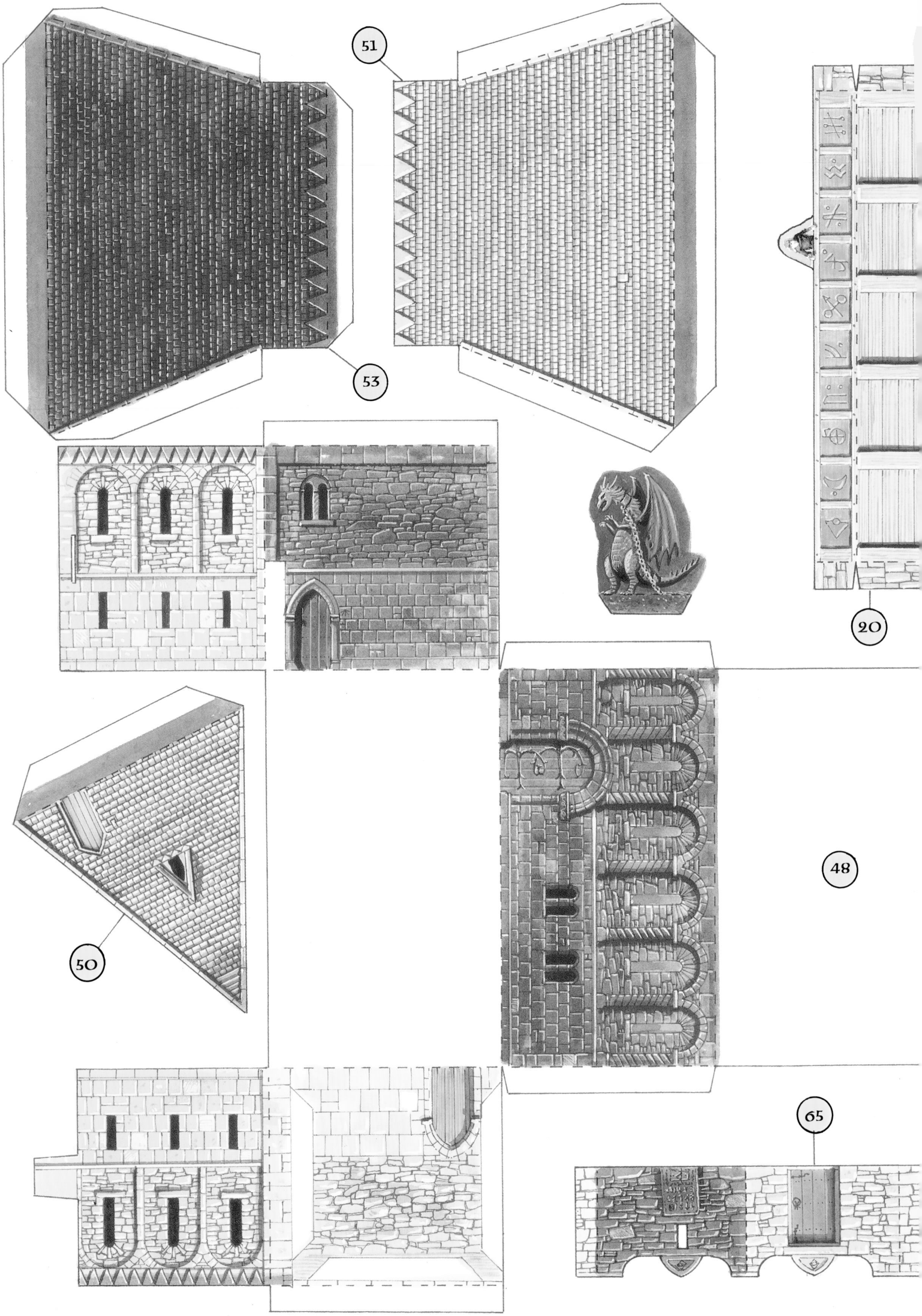
51
53
20
48
50
65

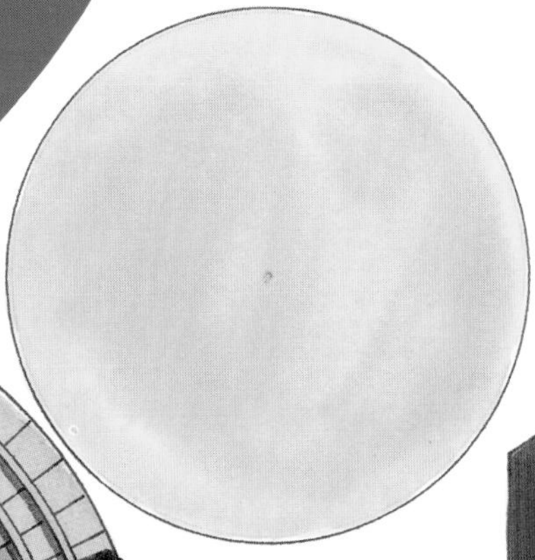
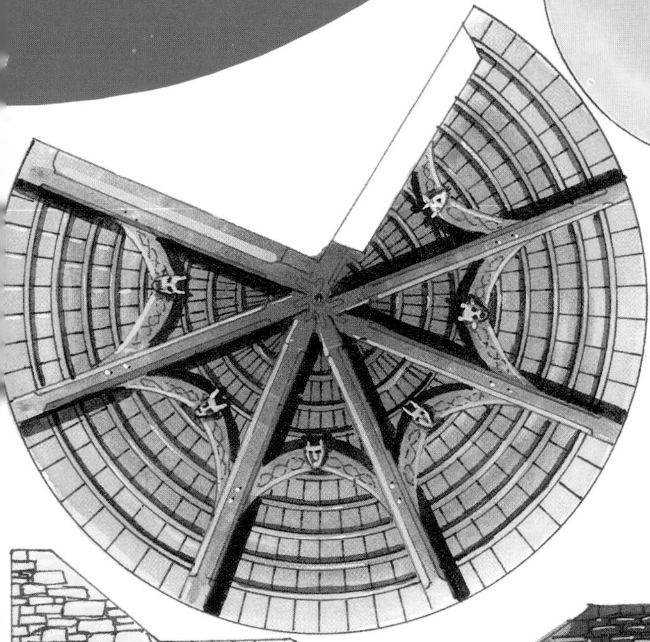

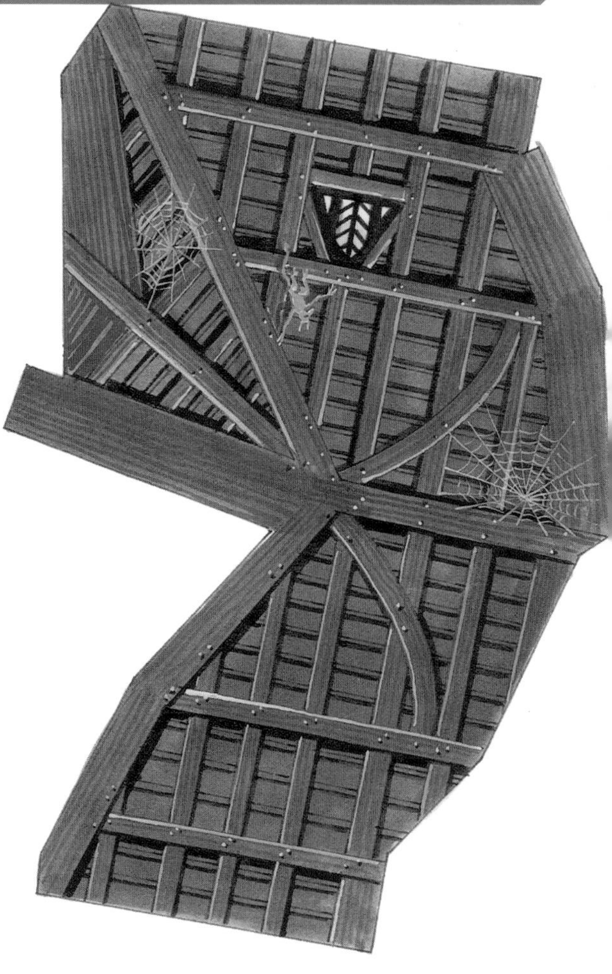

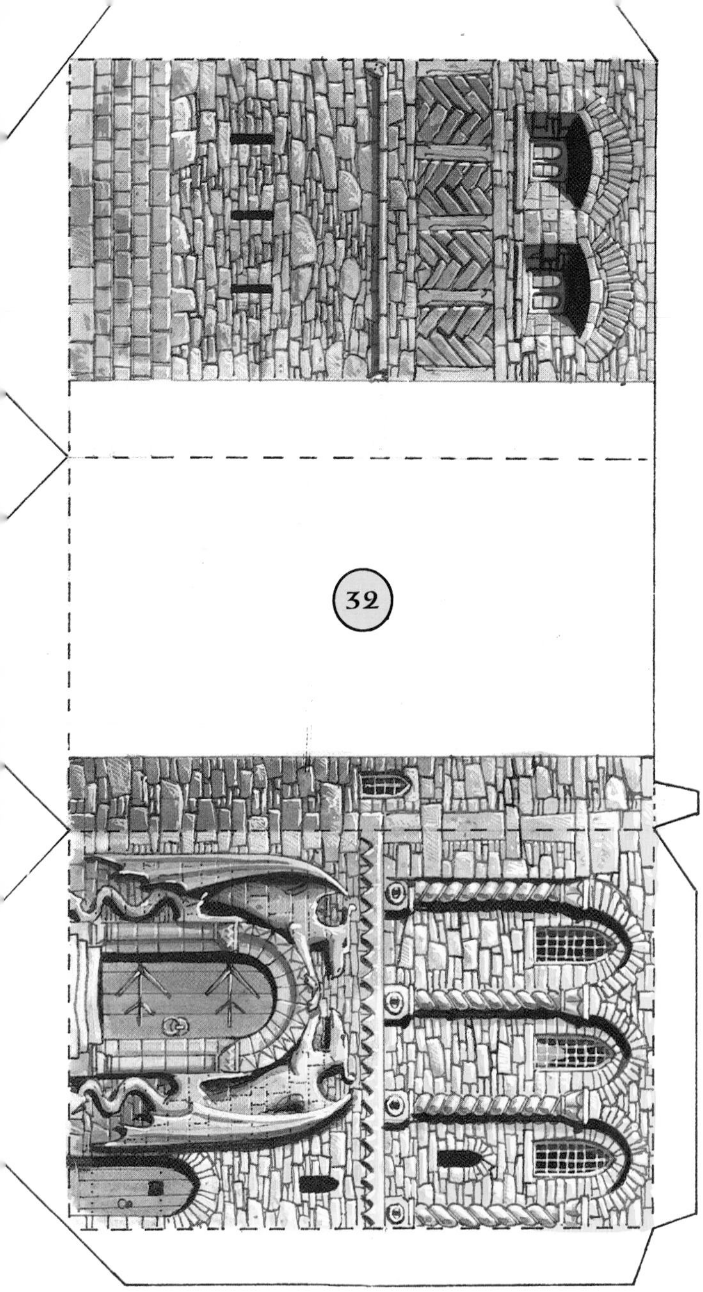

32

41

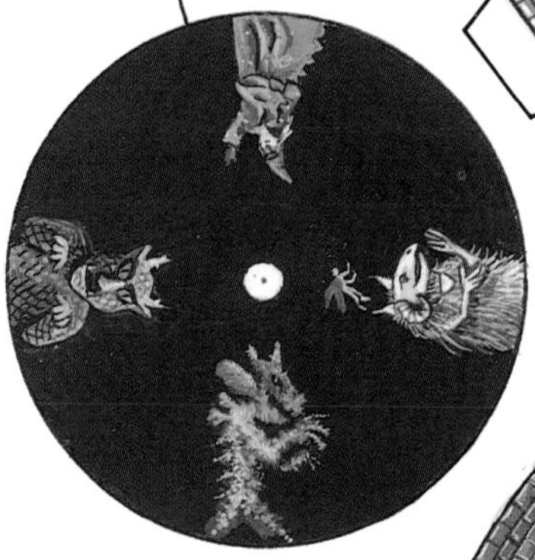

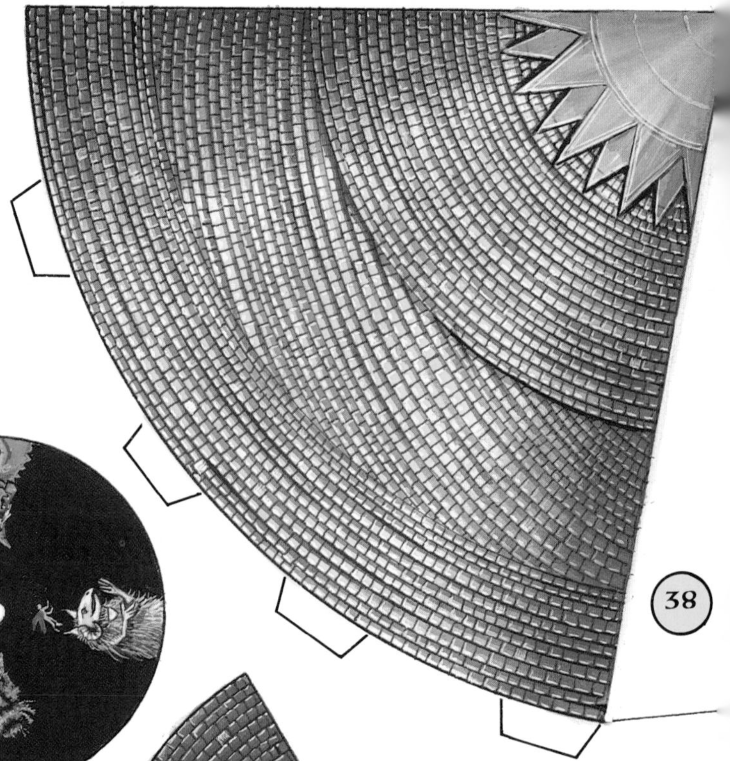

38

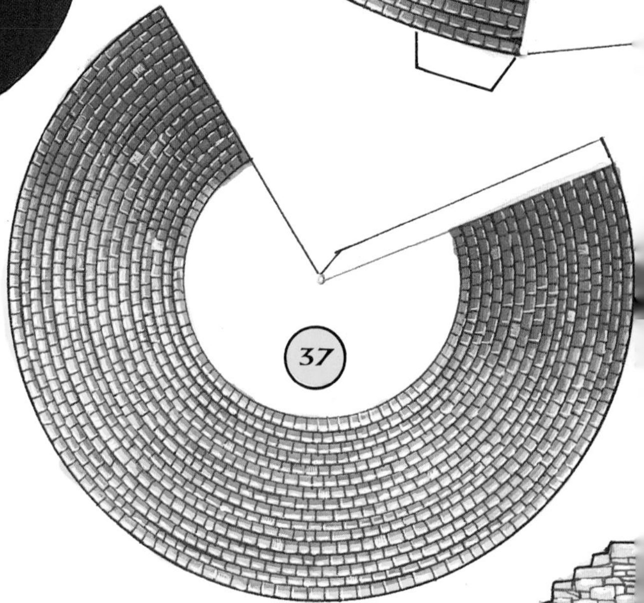

37

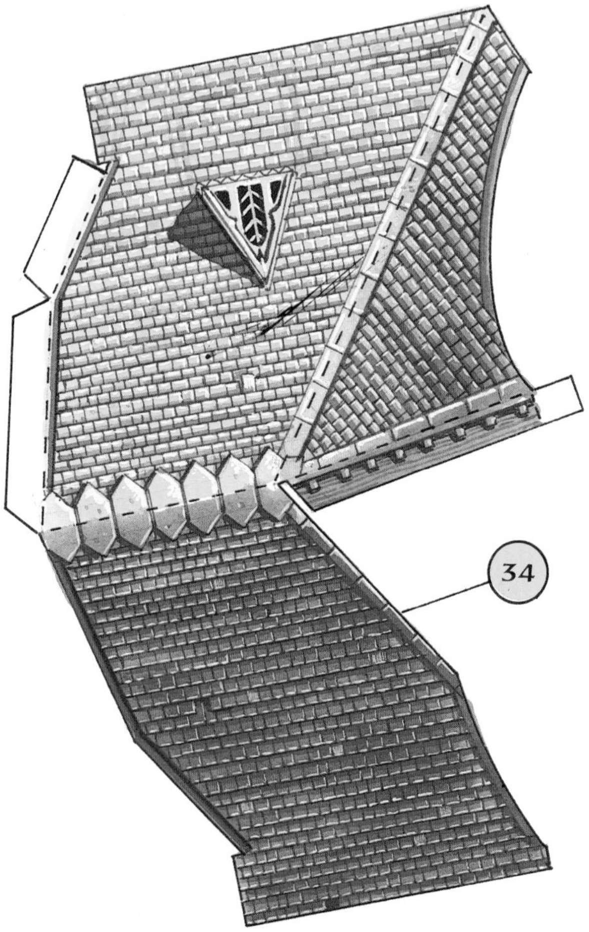

34

44

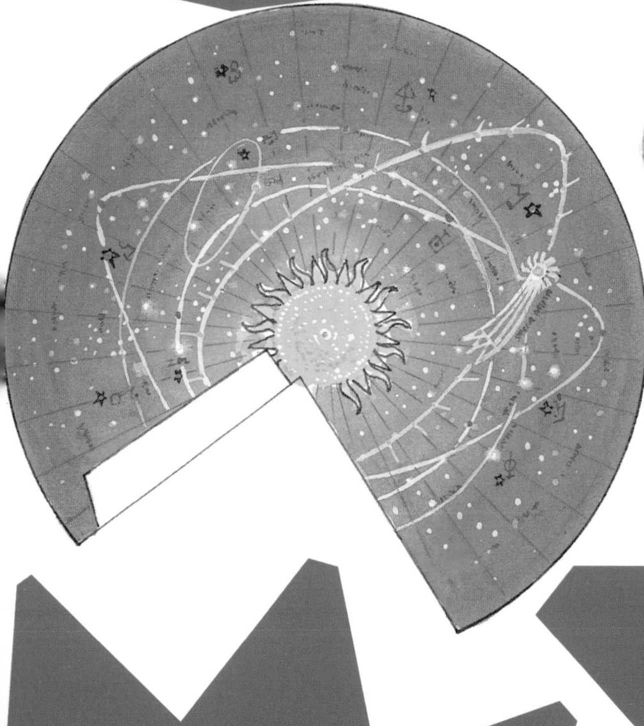

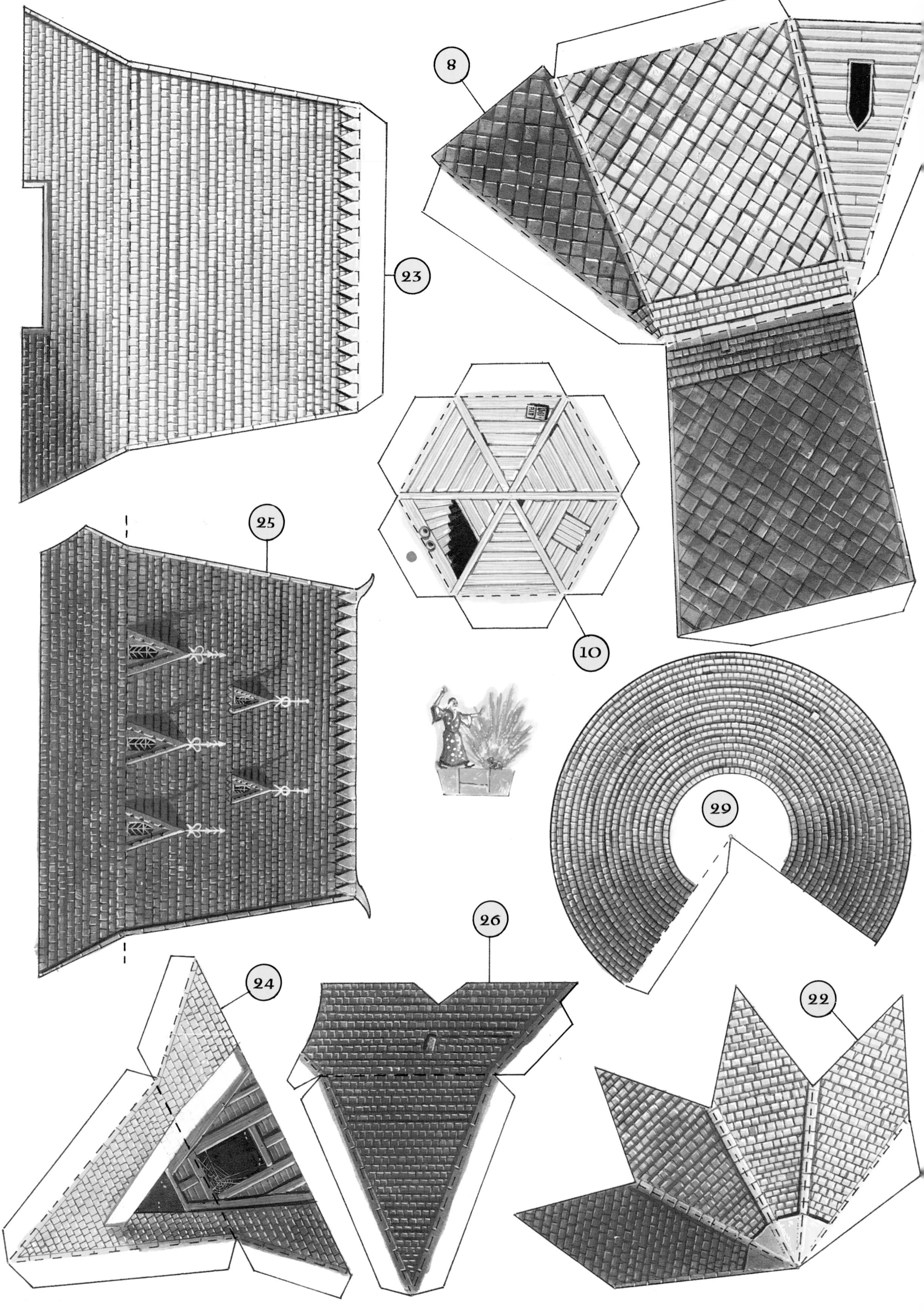
8
23
10
25
29
26
24
22

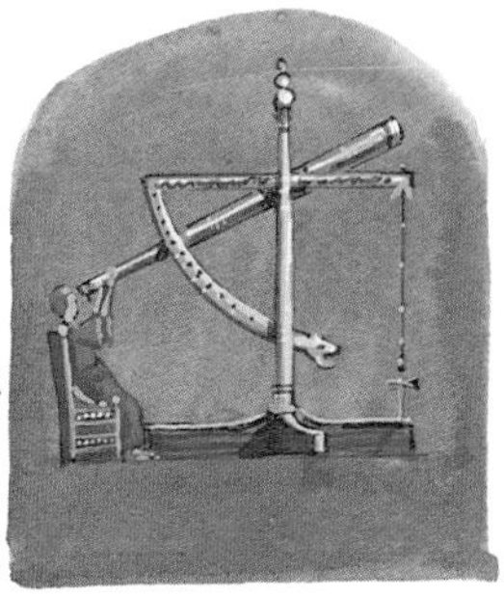

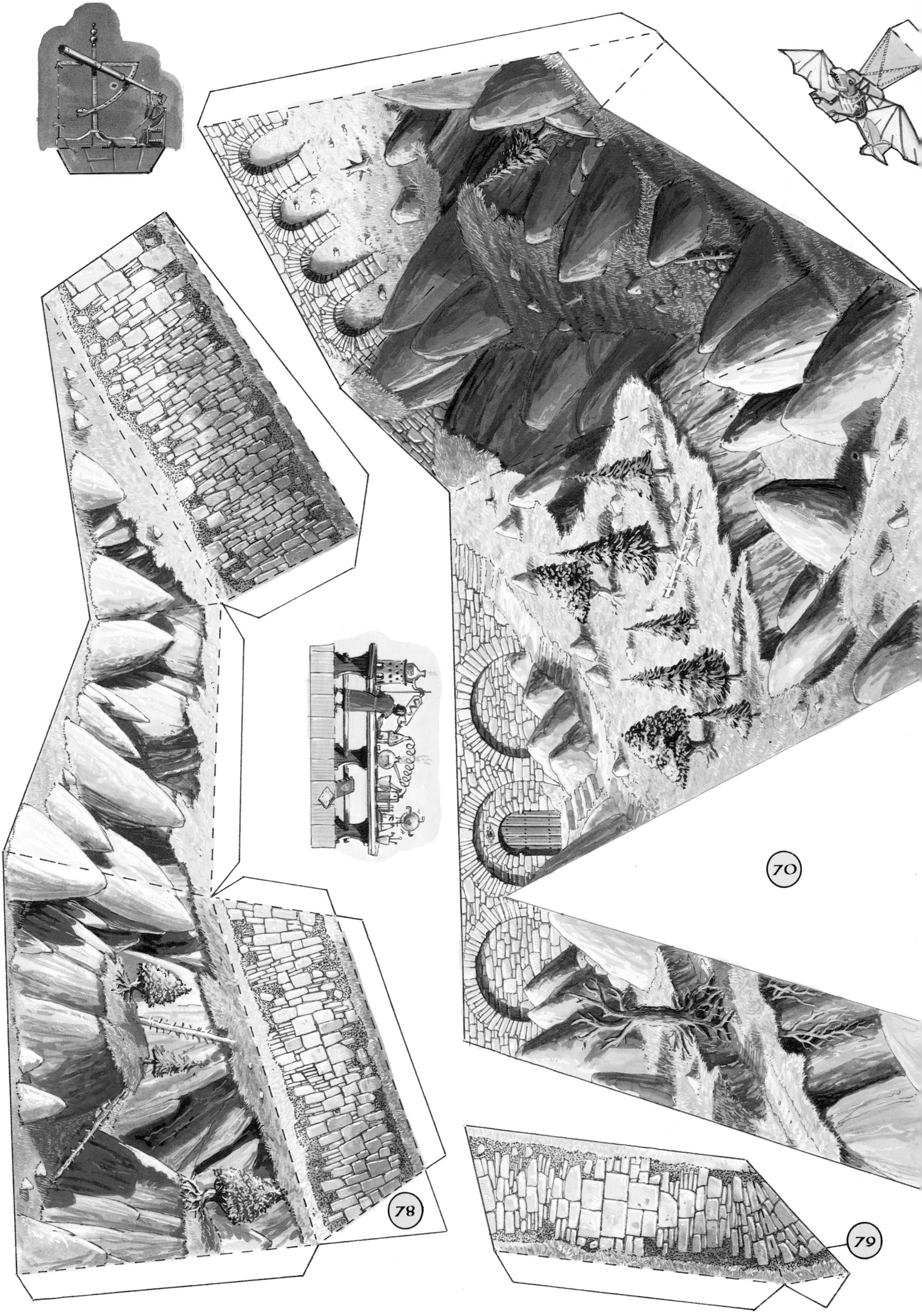
70
78
79

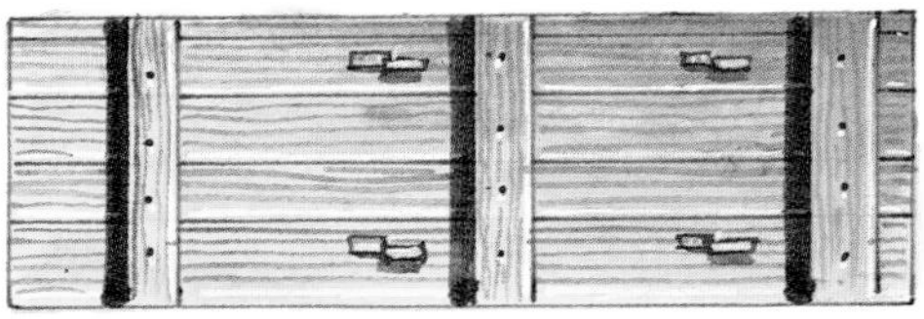
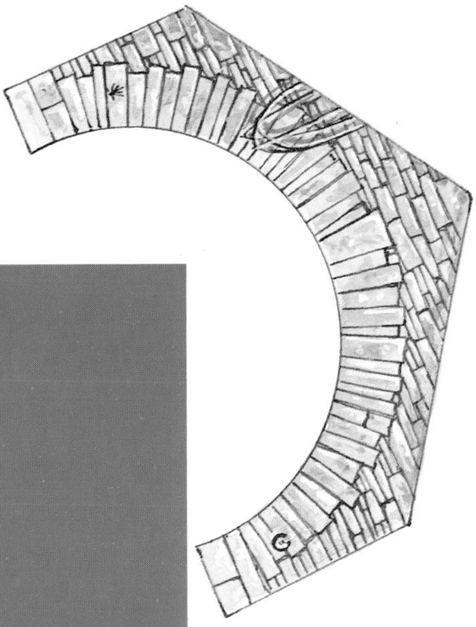

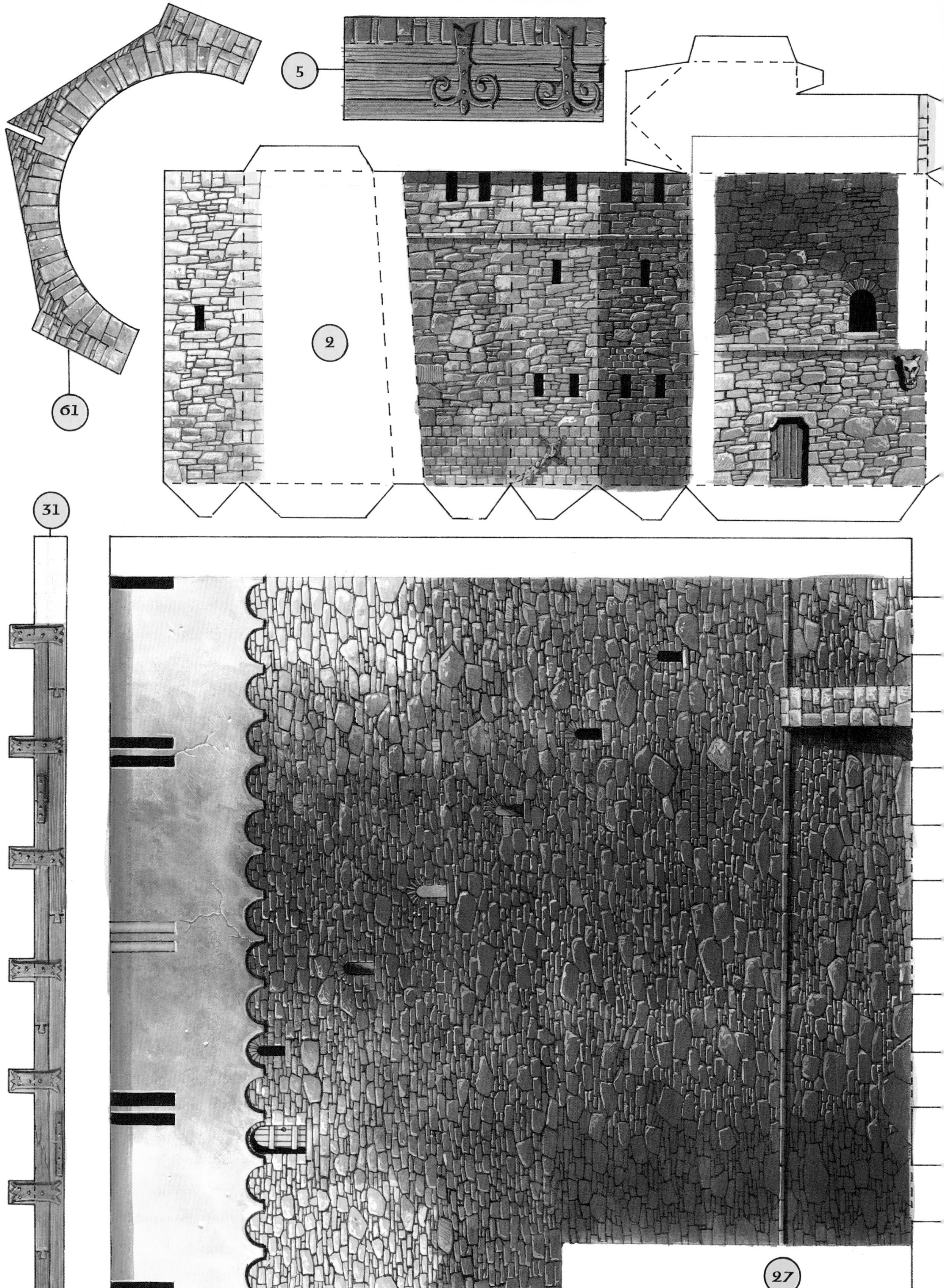

5
61
2
31
27

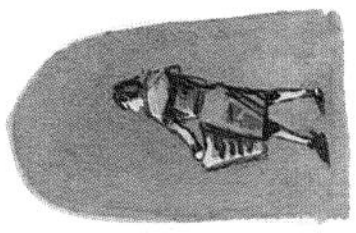

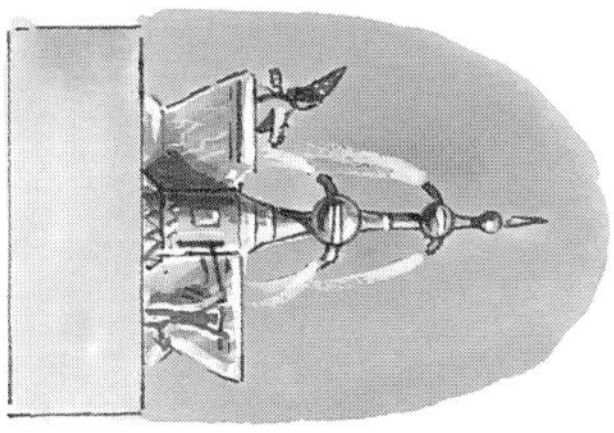

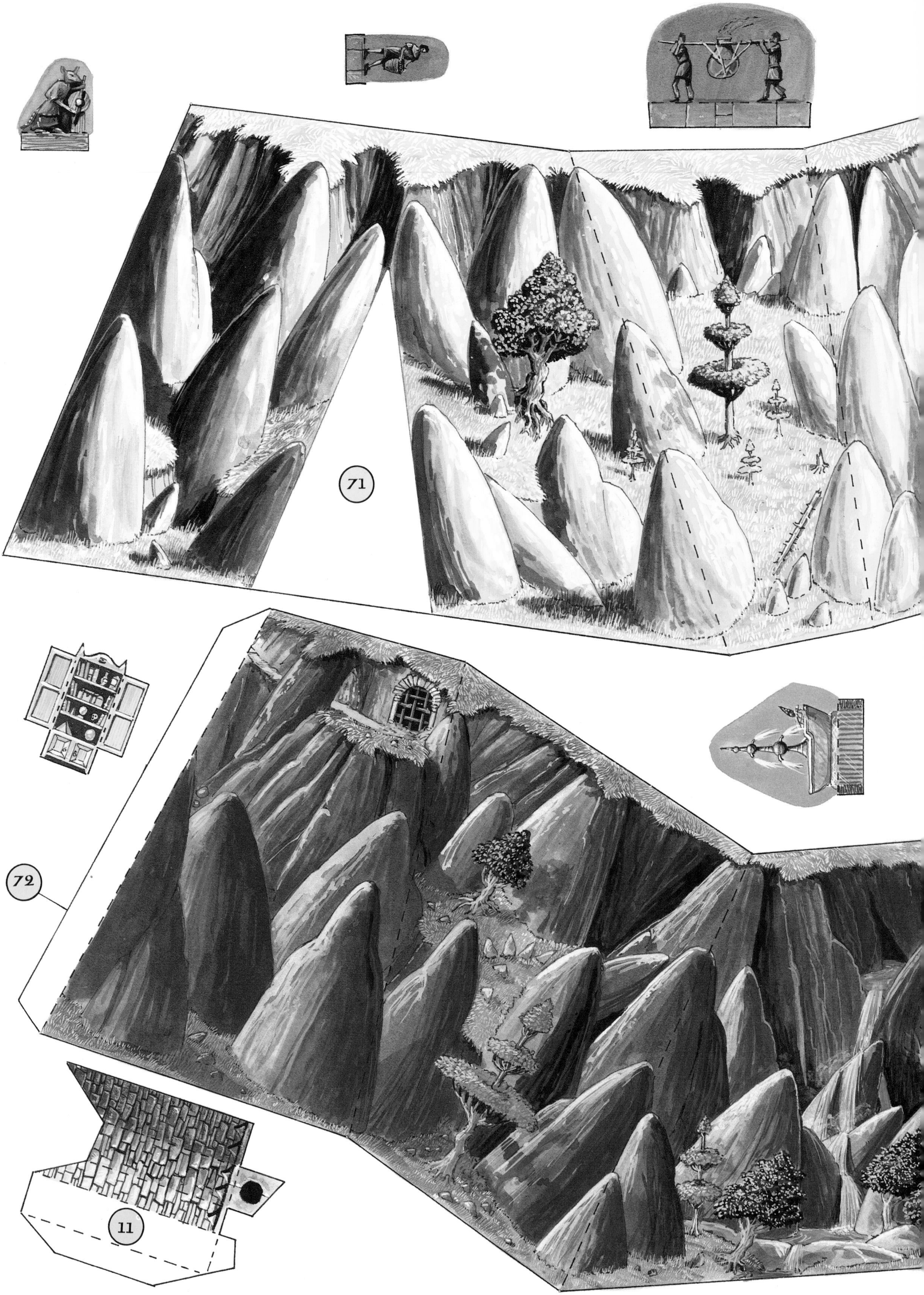
71
72
11

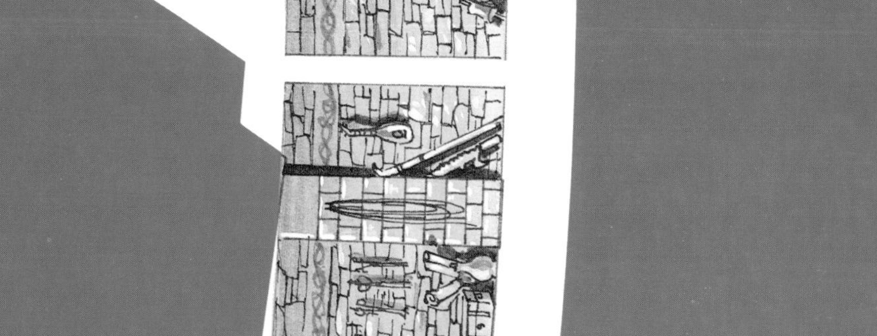

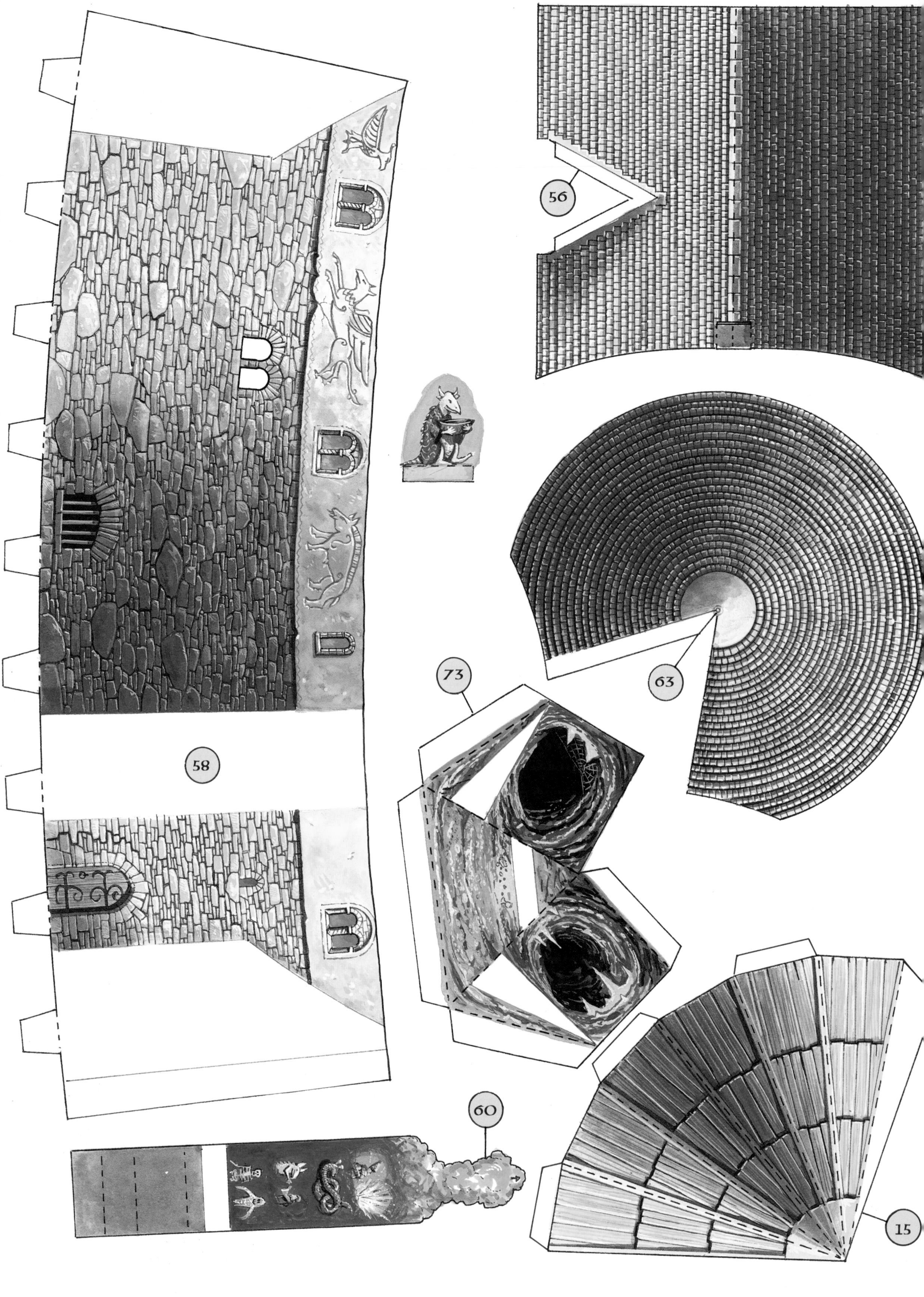
56
58
63
73
60
15

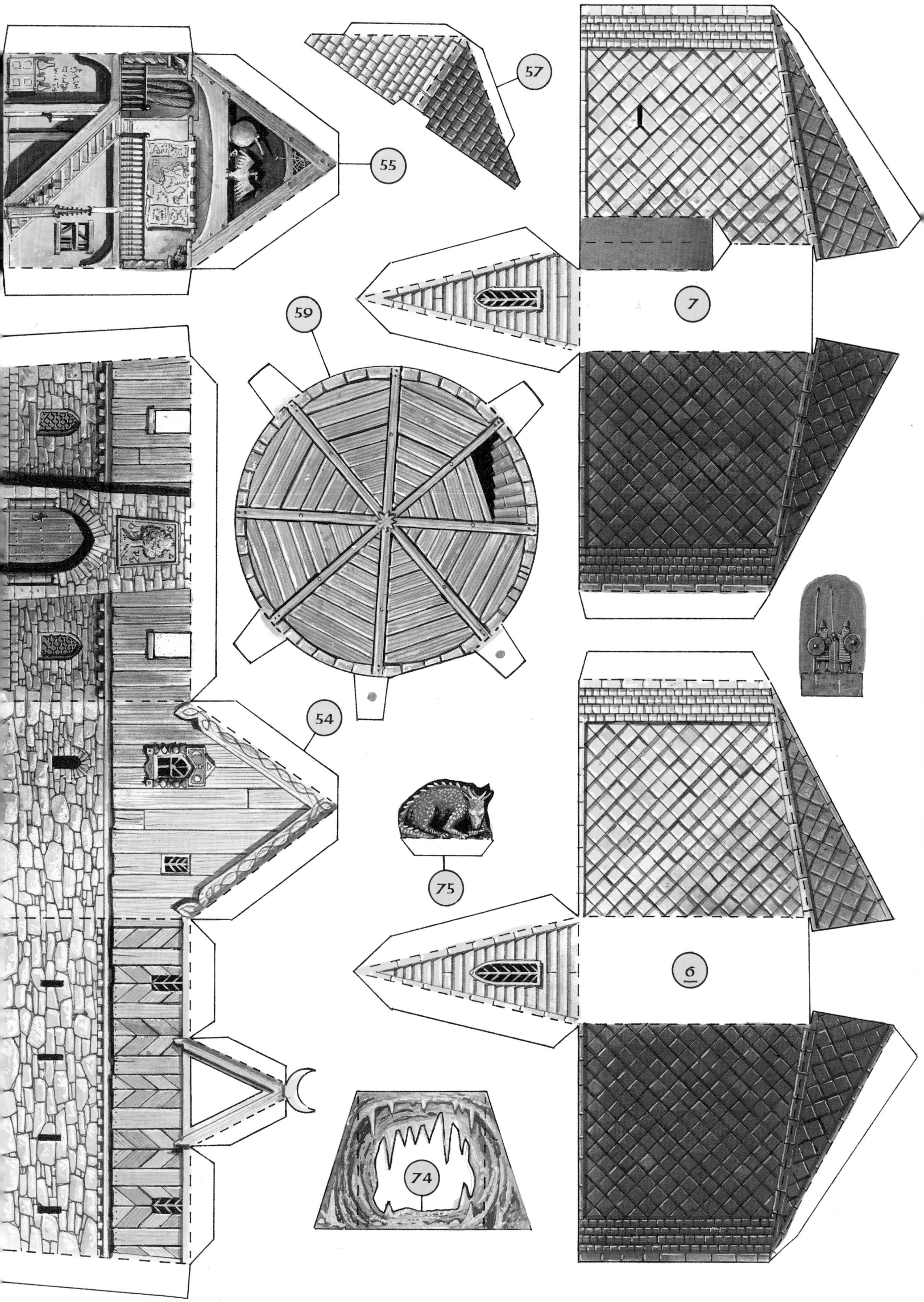
55
57
7
59
54
75
6
74

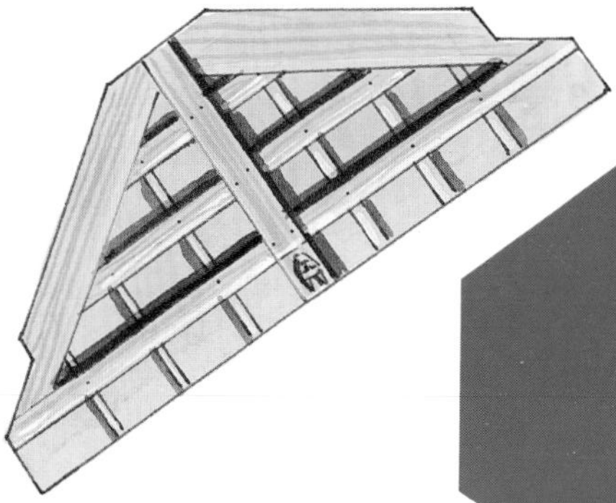

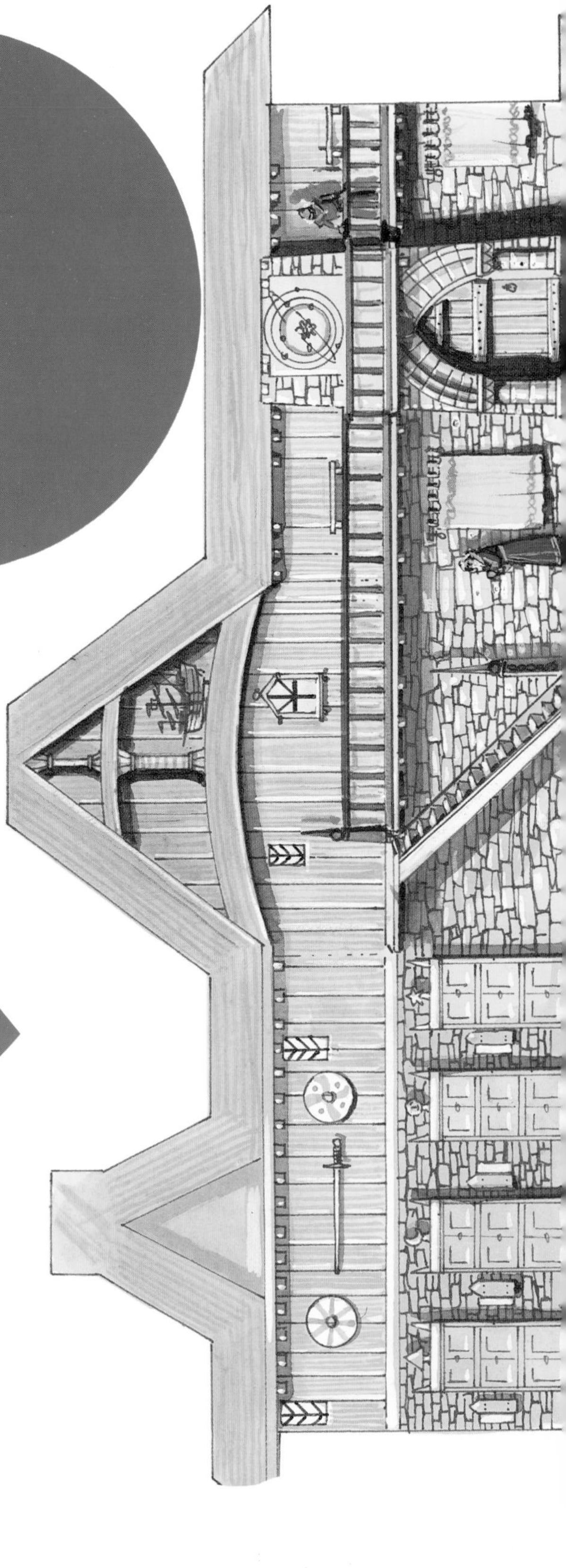

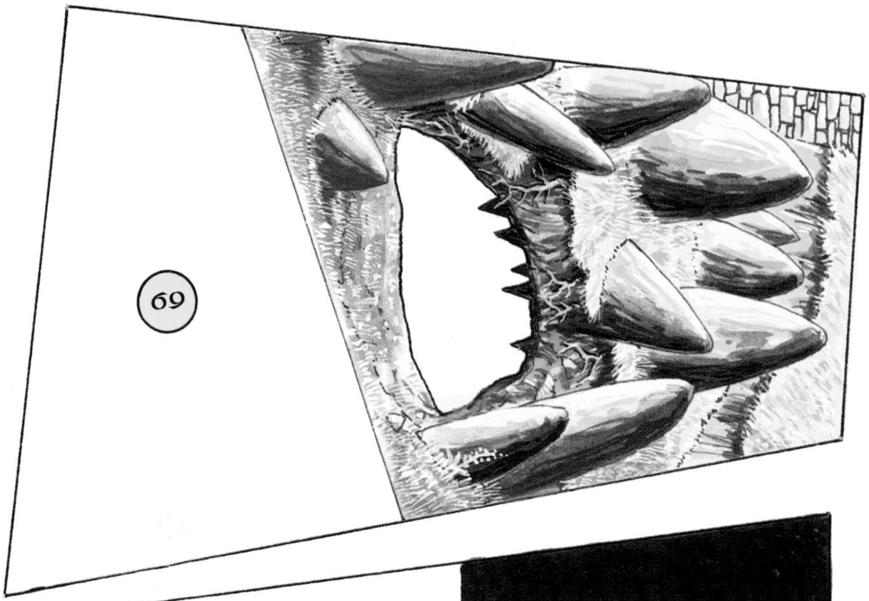
69

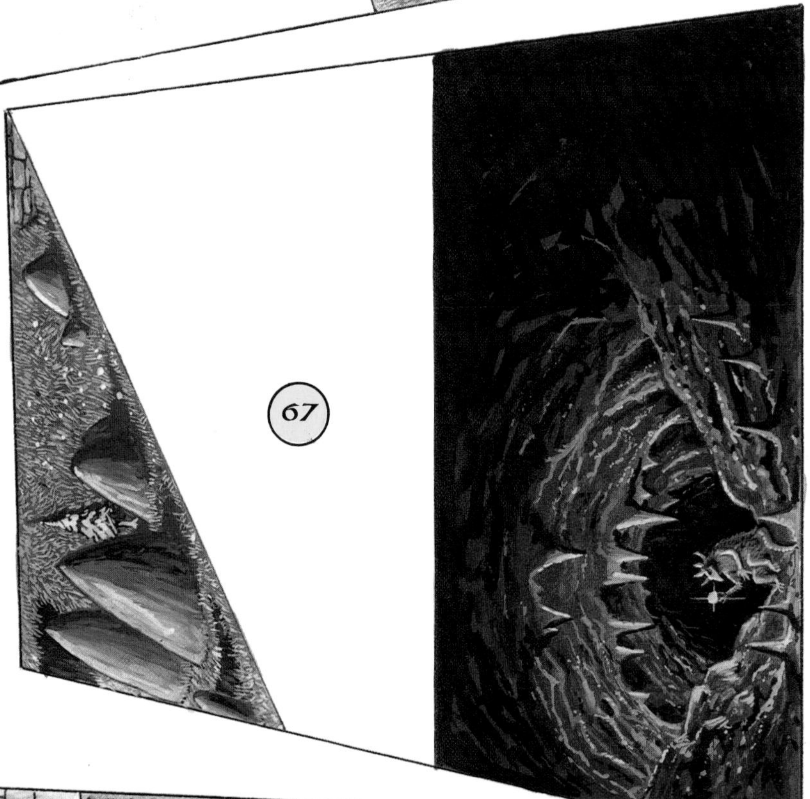
67

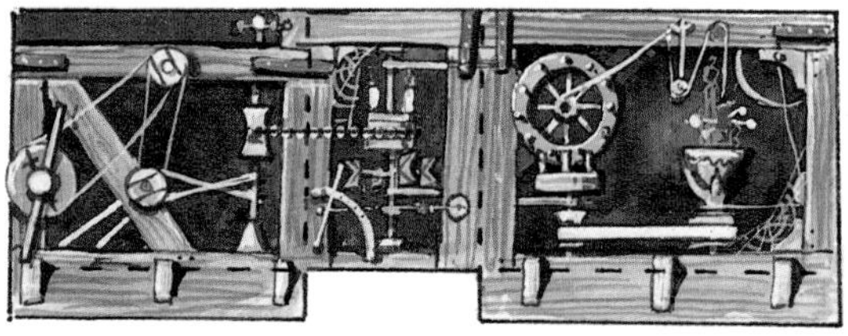

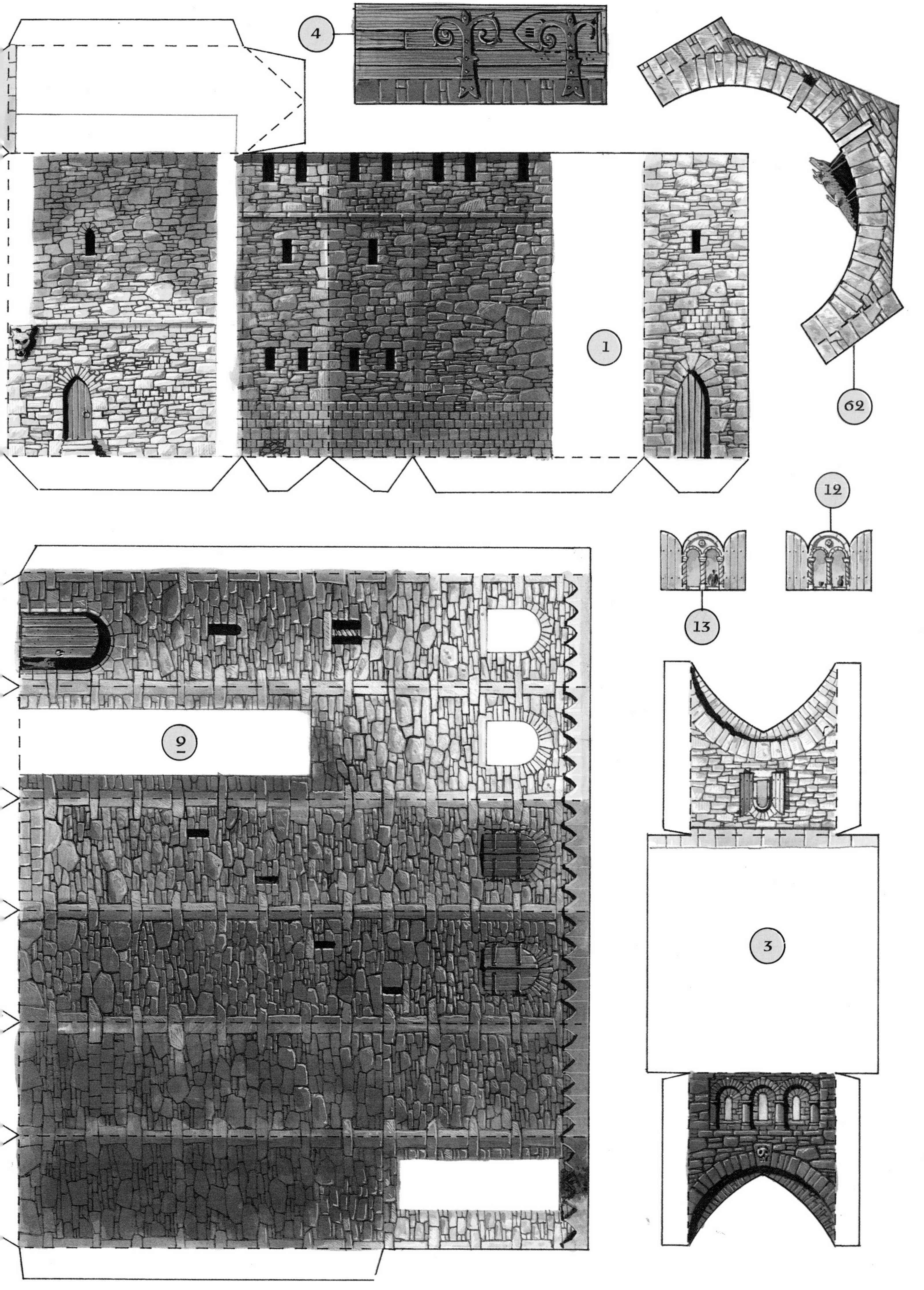

4
62
1
12
13
9
3

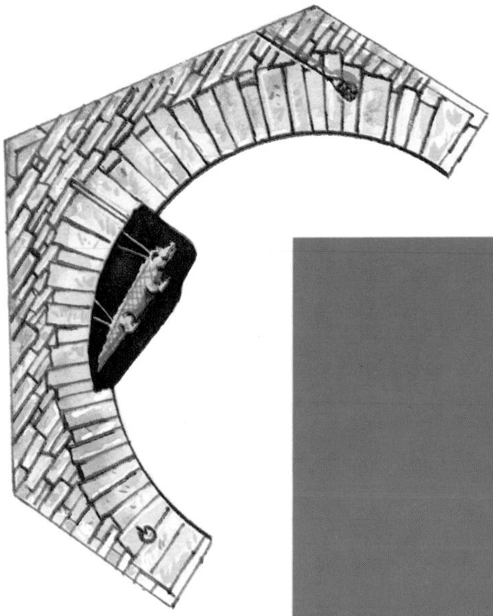

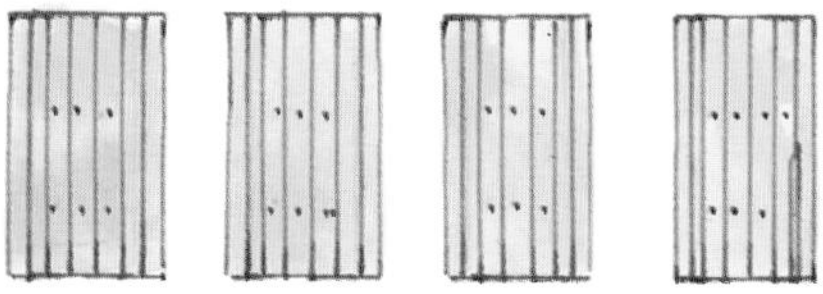
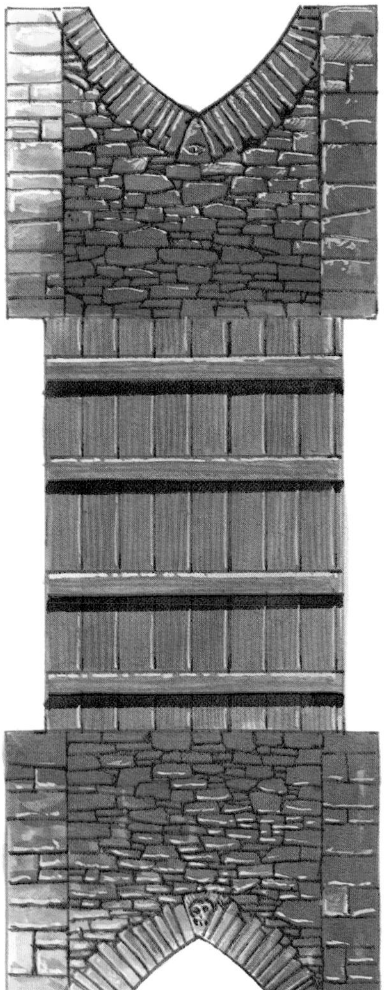
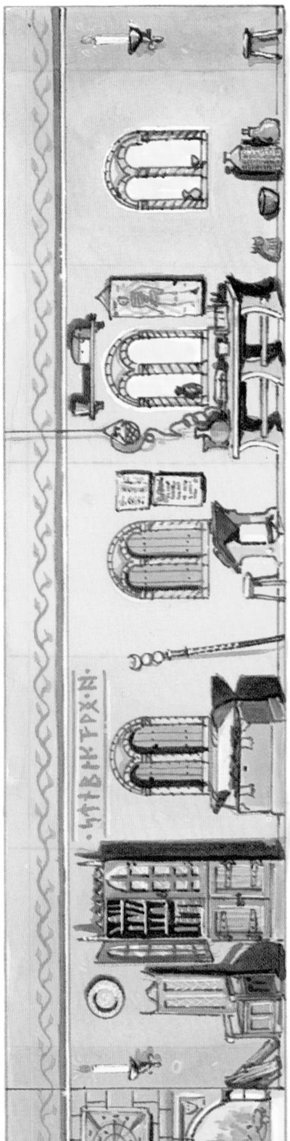

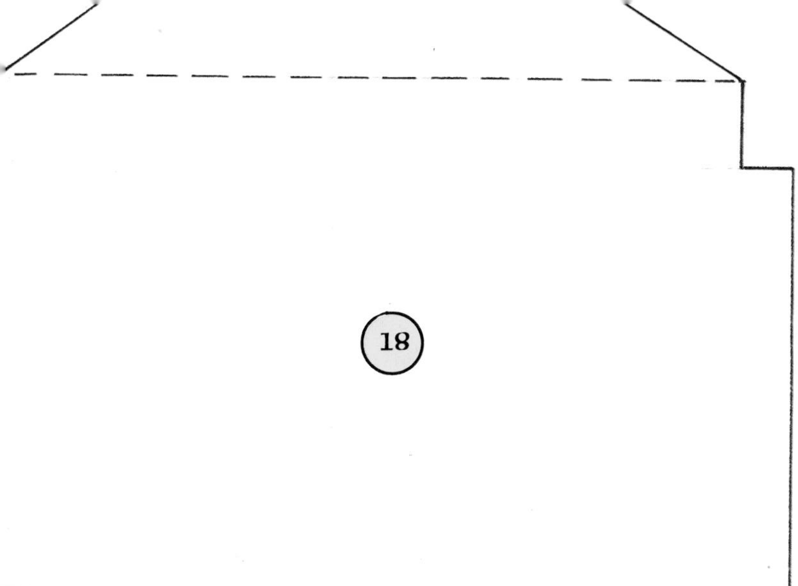
18

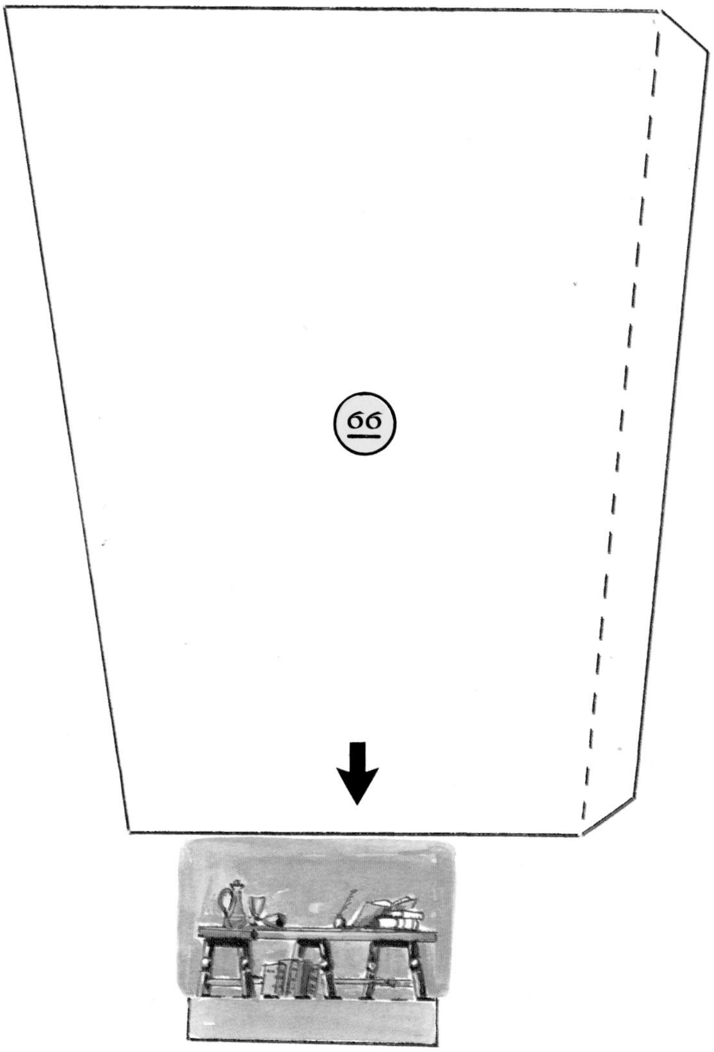
66

19

76

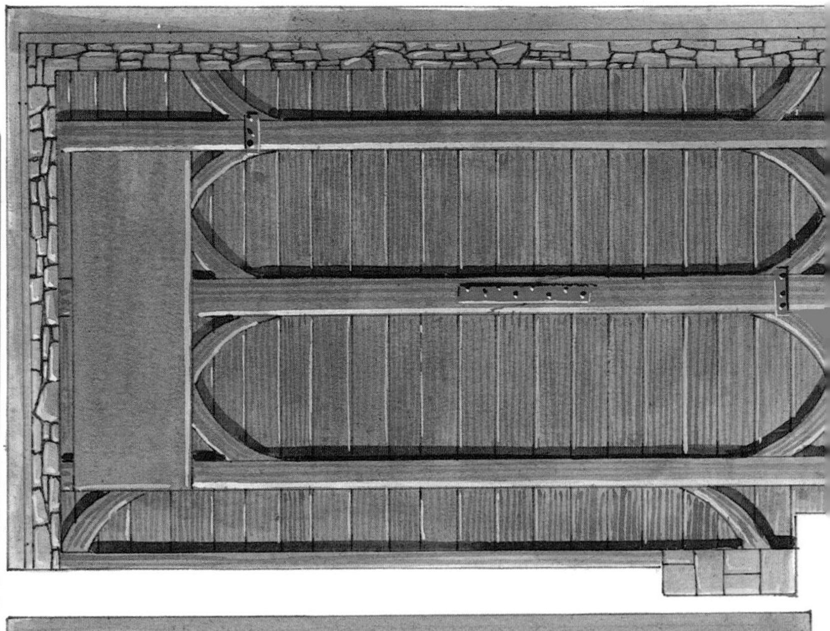

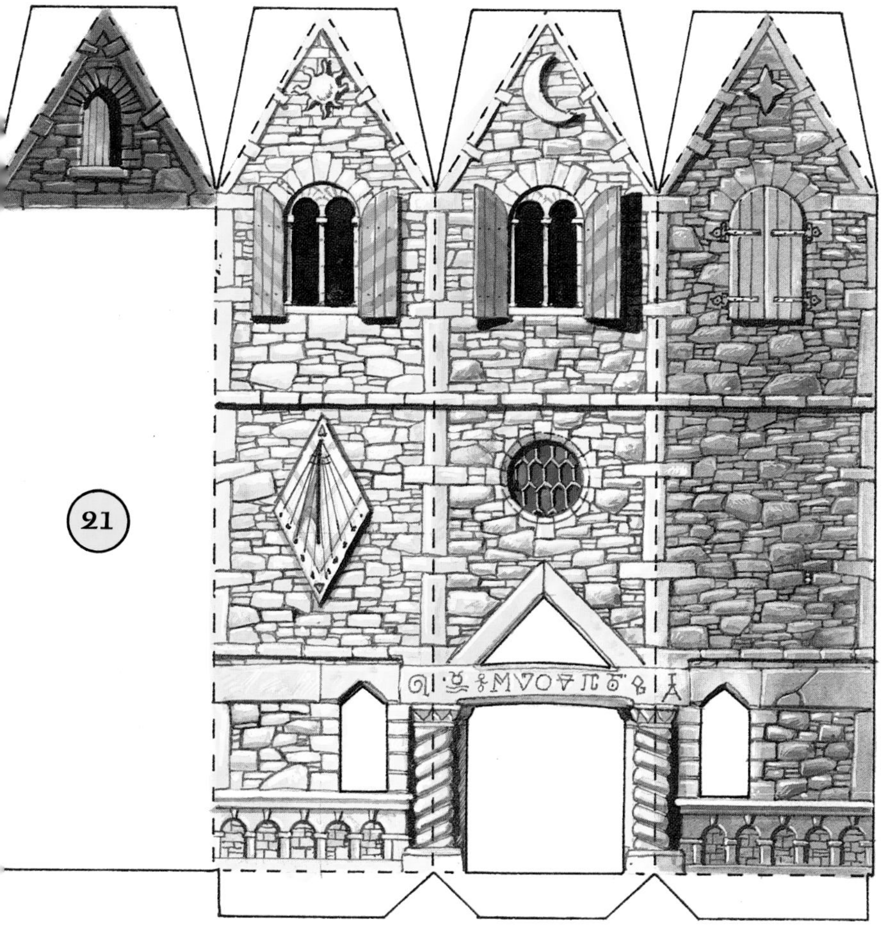

21

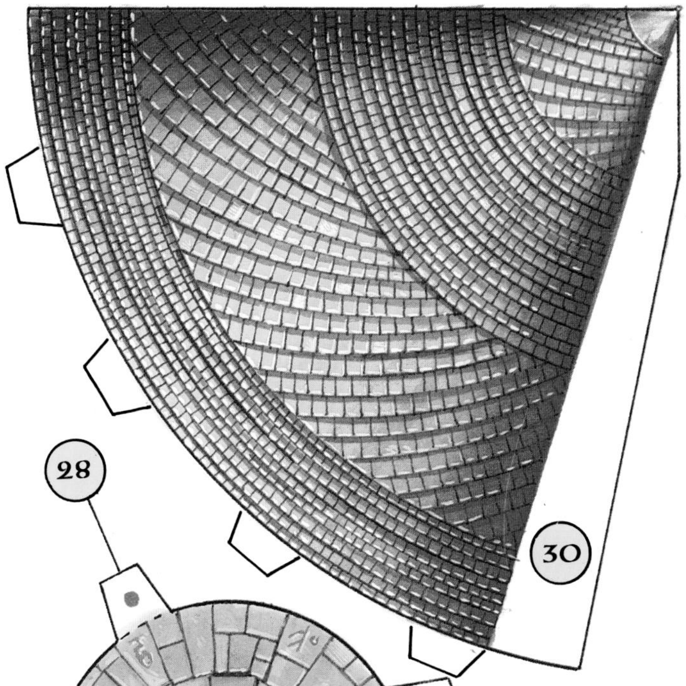

30

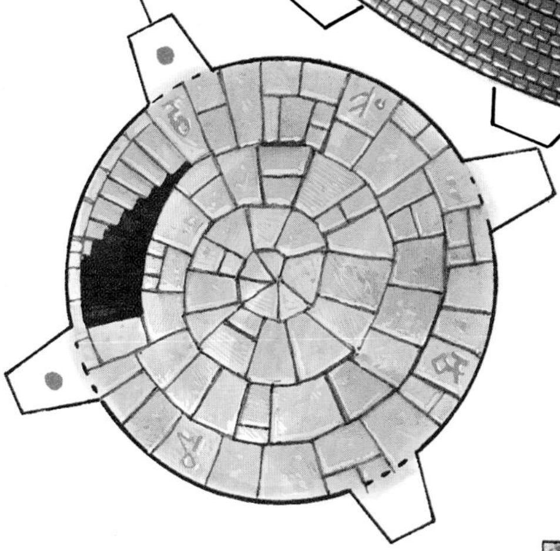

28

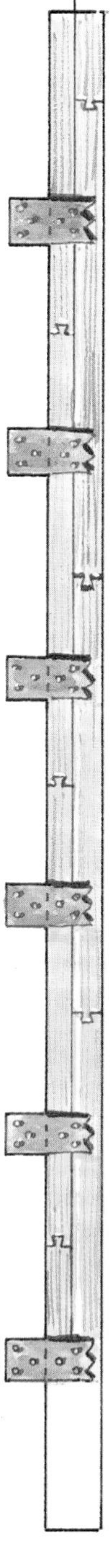

39

16

35

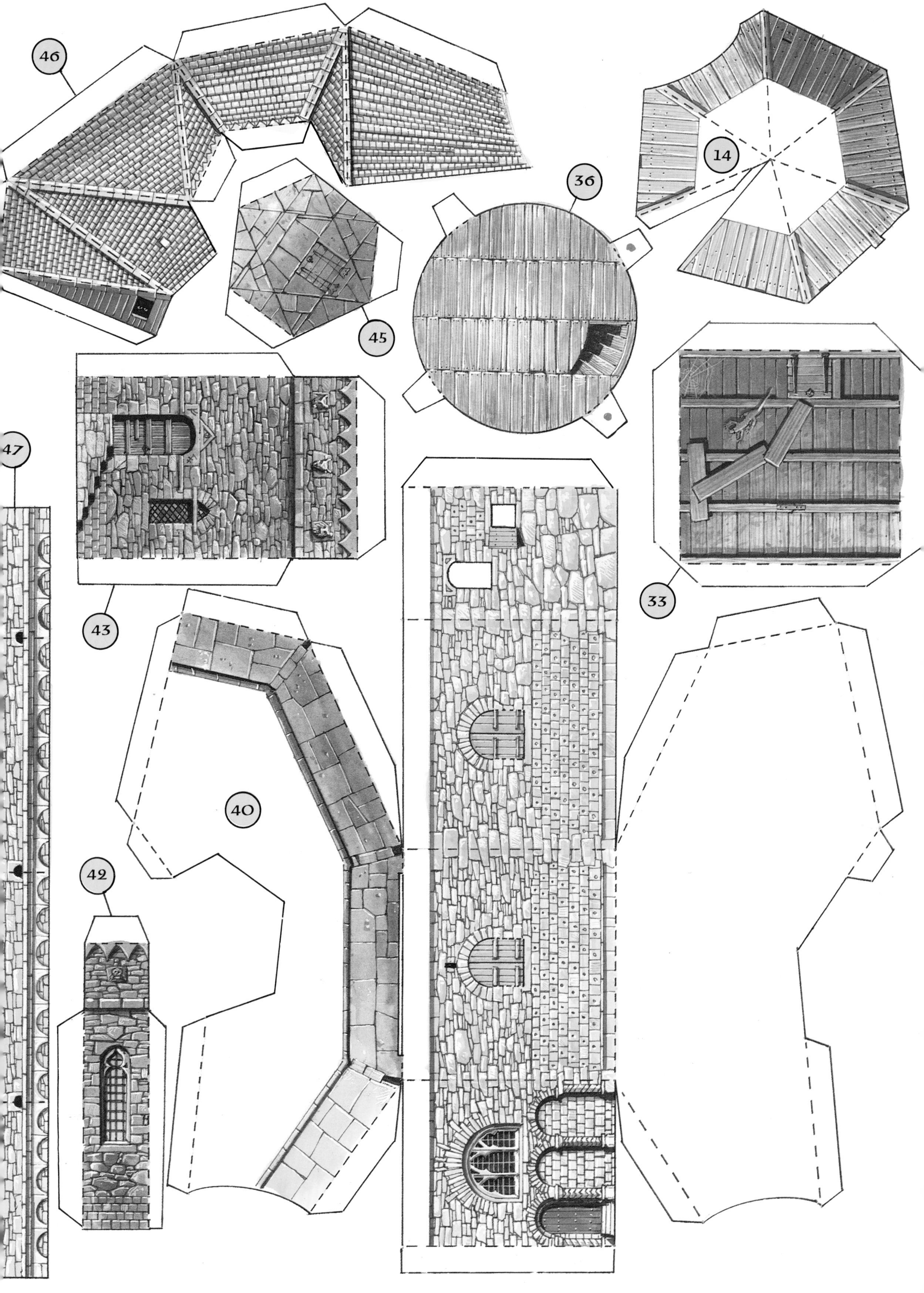
46
14
36
45
47
43
33
40
42

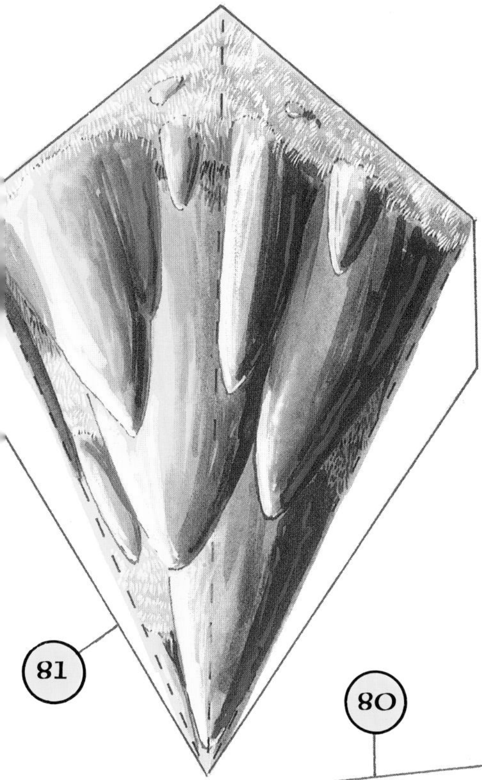
81

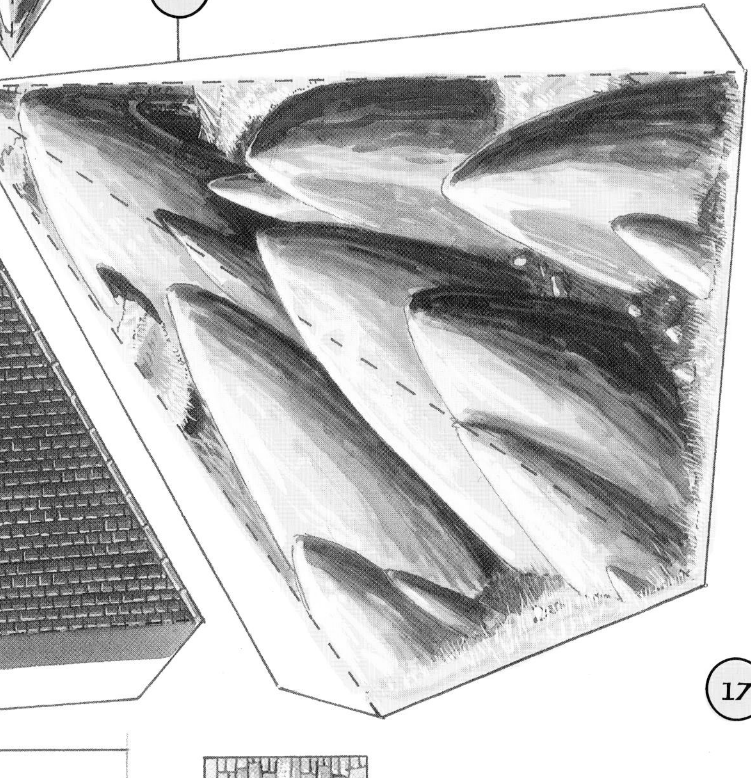
80

52

17

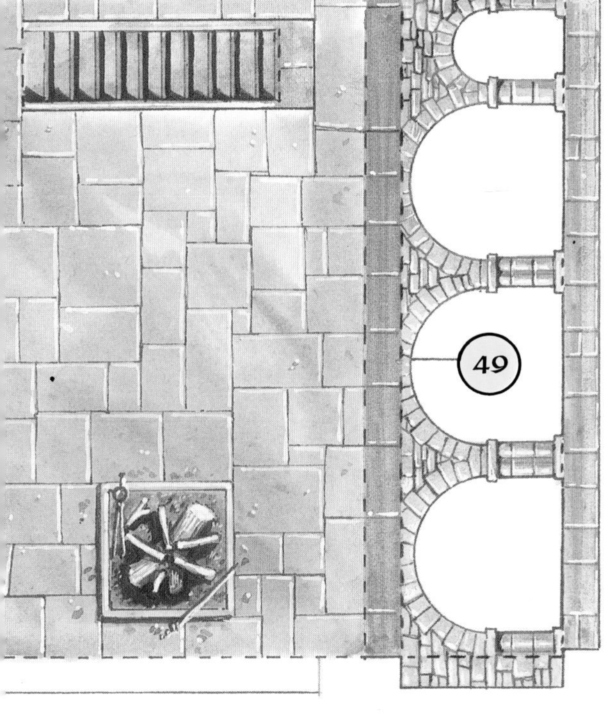
49

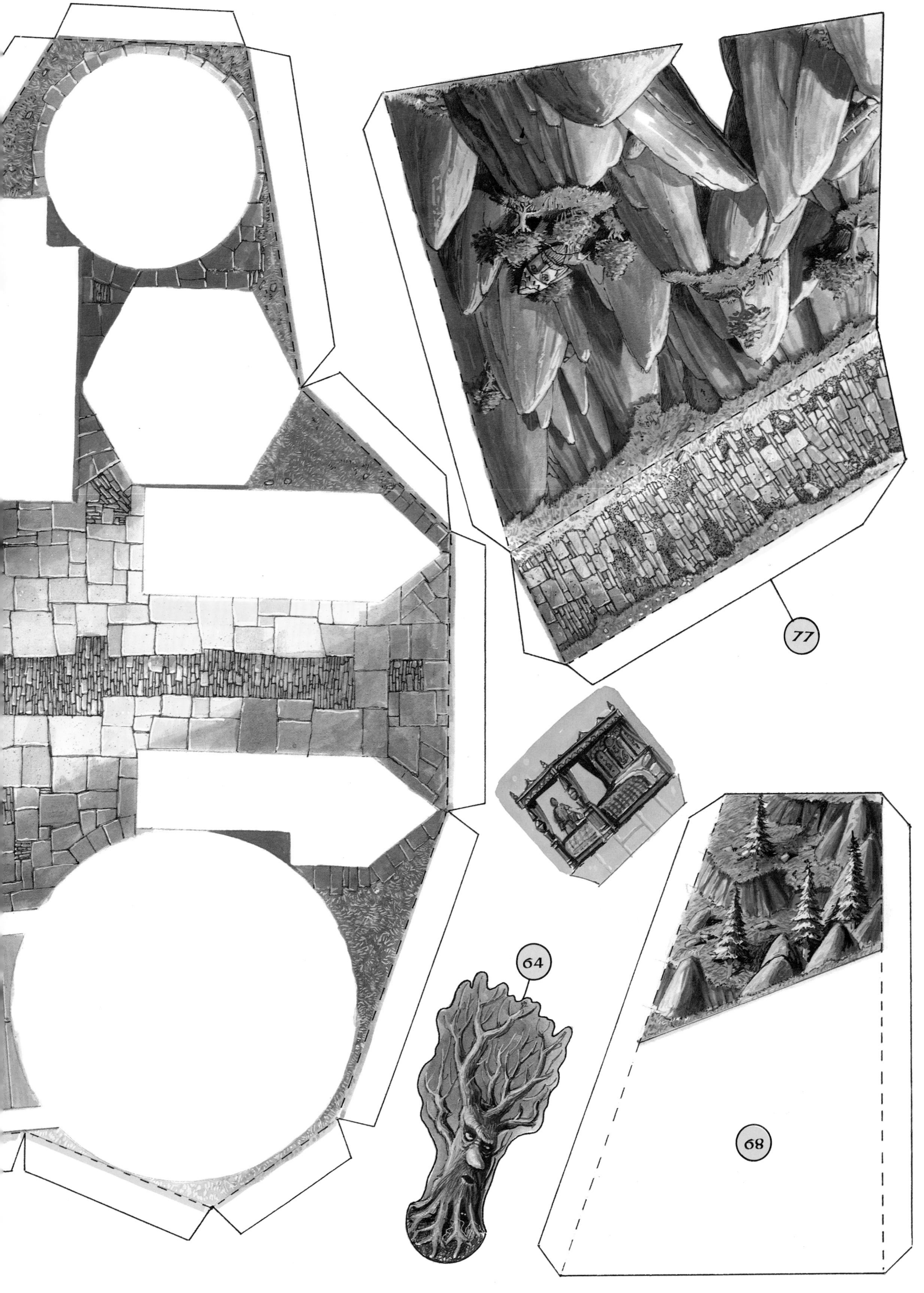
77
64
68

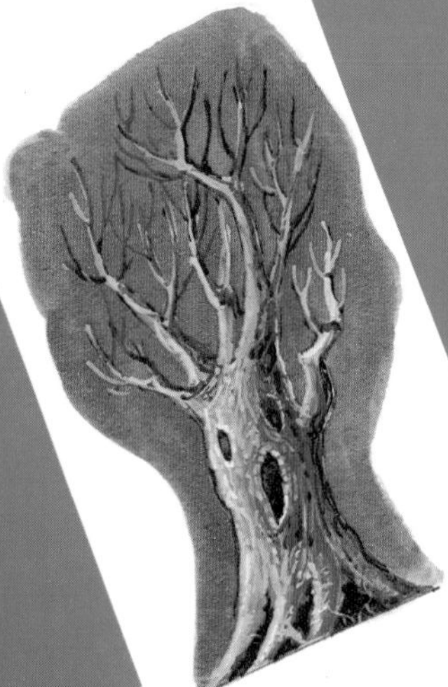